NIKOLAI VOGEL

MIßLUNGENE TEXTE

für Georg Jäger
am 7.7.2000

Nikolai Vogel

BLACK ink

Umschlag: Manuskriptausschnitt aus "Buch"

1. Auflage Mai 1998 in 500 Exemplaren

Black Ink Buch 5

86937 Scheuring
http://www.blackink.de
Druck:
Lehrlingswerkstätte der Druckerei
Gisecke & Devrient GmbH, München

ISBN 3-930654-05-9

INHALTSVERZEICHNIS

LESER

Viele Tage im August verbrachte er im Haus, sperrte sich weg, wollte die Leute nicht sehen. Dann hatte er Angst, sich selber zu verlieren, und bewegte sich, bis er jeden Abend mit seiner Erschöpfung ins Bett sank, auf den Straßen. Manchmal wollte er alles verändern, aber die Tage blieben an ihm kleben. Hitze staubte draußen herum, und er vergrub sich wieder in den Zimmern, bemühte sich, tagsüber alles in Ordnung zu bringen, ließ es in den Nächten erneut verkommen und sprach mit seinen Büchern. Einmal in der Woche ging er, besorgte Essen und Getränke und war müde, hatte er alles die Stufen hochgestemmt. Morgens traf ihn die Sonne ins Gesicht, weckte meistens, und doch stand er erst spät mittags schweißnaß auf, nahm sich ein Buch und Frühstück. Die Bücher waren Verbündete, sie beschäftigten ihn nachts, bis der Wein ihn ins Bett warf.

Er las viele Bücher quer durcheinander, liebte es, noch ungelesene Titel aus dem Regal zu nehmen, in der Hand zu wiegen, zu begutachten und wieder zurückzustellen, gespannt, was darin seiner harrte. Seine Bibliothek war nicht sehr groß, aber er betrachtete sie als ausgewählt erlesen, einige hundert Titel, von denen er manche schon oft durchgegangen war, andere noch aufsparte. Er hatte beschlossen, keine mehr hinzuzukaufen, glaubte sich im Besitz alles für ihn Besten, wollte nicht mehr, sich nicht an Überflüssiges verschwenden.

Er befand sich in den Texten, sie waren sein Raum, und nur durch ihn wurde dieser lebendig.

Und so fühlte er sich sehr frei, bereiste verschiedene Räume, zugehörige Zeiten und enthielt sich des Übrigen, von dem er annahm, daß es darin für ihn keinen Platz gab, soweit er konnte.

Auf seine Bücher konnte er sich verlassen, sie boten zwar Überraschungen, waren dabei aber lange nicht so unbeständig, veränderlich und unberechenbar wie das Übrige - und auch nicht so langweilig und monoton; in ihnen lebte er sicher und gerne. Besonders mochte er das wieder Lesen und Erinnern von bereits Bekanntem, das darin Verweilen und Gott Sein im Text, den er kannte, dem er immer einen Schritt voraus war. Er ließ sich davon durchziehen, ließ den Wortstrom seine Phantasien und Vorstellungen davon immer genauer ausschleifen und polieren, bis es in ihm glänzte, bei jedem Wort unzählige Echos hallte und er sich bei jedem nochmal Lesen noch genauer an den Text schmiegte, eindrang, sich in ihm löste, mit ihm verband, immer vielfältigere, komplexere und engere Beziehungen herstellte, das Höchste empfand. Und je genauer er die Texte kannte, desto besser gelang ihm ein Leben darin, je mehr es waren, desto freier wurde er, und alle, die er hatte, waren ihm genug, sollten seine Insel, seine Welt werden, die er und die ihn füllte.

Eines Abends griff er zu einem Buch, das er schon einige Male gelesen hatte und es in sich, sich darin vertiefen wollte, und las. Nach einigen Seiten legte sich ein leichtes Gefühl der Unruhe in ihn, und je weiter er vordrang, desto unwohler empfand er dabei, und er war sich unschlüssig, unsicher, machte seine Stimmung dafür verantwortlich, legte es beiseite und versuchte sich an anderem, wo es gelang.

Einige Tage später griff er zu dem beiseite Gelegten, das ihn wieder anzog, und fand sich erneut nicht darin, die Worte gingen immer ganz dicht an seinen Erinnerungen vorbei, er konnte nicht genießen, scheiterte seltsam dabei, stellte das nicht Funktionierende verwirrt ins Regal zurück, sich nicht entsinnend, je ähnliches erlebt zu haben, und tröstete sich am roten Wein, der schöne Schatten warf.

Nur weniges danach mißlang ihm ein anderes Buch, jedoch eines, das er sicher kannte, in dem er liebte, ein fester Bestandteil - etwas war anders.

Seine Abende vergingen nun unruhig, er wußte vorher nie, ob er die ersehnte Entspannung im Text finden würde, und immer öfter konnte es passieren, daß er mitten in einem Satz stockte, seinen Fortgang nicht ertrug, wild durch Bücher blätterte und doch nicht wußte, was ihn erschreckte. So geschah es, daß er bald nur noch zu den Werken griff, die er bereits Wort für Wort wußte, die schon lange völlig in ihm lagen und deren Seiten sich durch vielseitige, enge Verflechtungen auf ihn bezogen, sich die unerwünschte Unsicherheit nicht einstellen konnte und durfte, und ihm wieder Vertrauen gaben.

Und mitten in solchem Buch, in Sätzen, die beim Lesen fast aus ihm in das Buch zu fließen schienen, floß ein Satz im Buch anders als der seiner Kognition, lief verändert weiter, entgleiste ihm.

Das hastig zugeschlagene Buch schwer in seinen Händen und er verwirrt und sich nicht glaubend, ohne Mut, noch weiter zu lesen, ohne Ruhe zu schlafen, wie vertrieben ein langes Sitzen und Starren in sich, bis der Schlaf doch drüber hinweg schlich.

Vor dem nächsten Abend hatte er sich eine Taktik zurechtgelegt, er würde kämpfen, und so schrieb er eine Stelle eines ihm bekannten Buches, verglich dann und wurde erfüllt durch Übereinstimmung, schrieb weiter, verglich... Das so überprüfte Buch stellte er getrennt von den anderen in ein Regalfach.

Diese Arbeit nahm ihn nun hauptsächlich in Anspruch, befriedigt sah er die kontrollierten Bücher Regalfächer füllen, und beinahe hielt er seine Unsicherheit schon für Gespinst - bis das erste Mal eine Abweichung auftrat, sich die verglichenen Stellen in einer Wortendung unterschieden.

Es konnte ihm ein Fehler unterlaufen sein? Erregt schrieb er weiter, verglich angespannt, wieder ein Endungsfehler, verdrehte Satzstellungen, weiter, andere Wörter, dergedruckte Text verlief sich, hatte bald kaum noch Übereinstimmung mit seinem imaginierten, zeigte in Unbekanntes. Das erkrankte Buch wurde von den anderen getrennt, isoliert lag es bald auf dem Boden eines anderen Zimmers, wo es nach und nach mit anderen einen wachsenden Stapel bilden sollte. Vor diesem Stoß fürchtete er sich, er mied ihn und kam nur in seine Nähe, um ein weiteres Buch auf ihn zu legen, die wachsende Unruhe in seinem Leben.

Irgendwann hatte er den Sortiervorgang beendet, war nun im Besitz einer deutlich geschrumpften, aber als sicher anzusehenden Sammlung, hatte einiges für ihn Wertvolles verloren, die wenigen noch ungelesenen Titel hatte er, um Risiko zu vermeiden, auch aussortiert, und bereitete sich nun vor auf das, dessen Stimmung er mit sich von einem schweren Schicksalsschlag erholen, nach einem Umbruch des eigenen Selbstverständnisses sein Leben neu ordnen, bezeichnen wollte.

Es folgten einige Abende mit den ersehnten Momenten eines Glücks und zufriedenem Wiedererwachen des Vertrauens in die eigene errichtete, abgeschlossene, fehlerfrei funktionierende herum Welt und viel immer beruhigterem Schlaf bis in die Nachmittage, bis erneut ein Text verscholl, an dessen Stelle ein anderer stand, der versuchte, seine Erinnerung zu überschreiben.

Bald versuchte er ein Auseinanderhalten gar nicht mehr. Er ließ Bücher in dem Augenblick fallen, in dem sie ihm fremd wurden, sie bedeckten den Boden, wurden selten ein zweites Mal gehoben, geöffnet und entfernten sich immer weiter.

Der Lesevorgang wurde mehr und mehr weniger befriedigend, wurde Verursacher zahlreicher Ängste und ließ sich bald nicht weiter kontrollieren, verselbständigte sich in ihm, brachte immer neue Kreationen hervor, wirbelte Phantasien, die ihm von der eigenen Imagination losgelöst erschienen und unter sich begruben.

Er hatte eines seiner Lieblingsbücher immer wieder überprüft, indem er es vor dem Vergleich aus sich heraus abschrieb. Veränderungen ergaben sich immer wieder neu, selbst die von ihm geschriebenen Fassungen wanderten, spiegelten sich gegenseitig in wechselnden Variationen, zersprangen der Erinnerung.

Und doch las er noch, war sich nie mehr sicher, ob er las.

Sätze, Wörter - die Bruchstücke trieben in ihm strudelten schwammen nach oben versanken und trieben in neuen Zusammensetzungen erneut hinauf.

COMPUTER

(entsteht aus jedem Bewußtsein Transzendenz da das Bewußtsein um den Widerspruch zwischen Sein und Bewußtsein weiß und versucht die Lücke dazwischen auszufüllen)

Die Bildschirme der Computer zeigen das Jahr 158 seit Abschaffung der menschlichen Arbeit.

Die meisten Leute haben sich in eine ihnen gemäße Art des Nichtstuns eingelebt. Viele essen den ganzen Tag leckere Sachen, die aber so kalorienarm und sogar gesund, weil vitaminreich, sind, daß sie davon nicht zunehmen; andere machen ständig Sex, wechseln ihre Partner und schlucken für die Erhaltung ihrer Lust alle paar Stunden Stimuli-Pillen; eine große Zahl lebt nur noch in der Cyberspace-Welt; manche machen tatsächlich noch Sport, rennen durch Straßen mit Naturprojektionen an beiden Seiten oder schwitzen in großräumigen, gefliesten Körperkulturhallen an glänzenden Chromstahlmaschinen.

Außerdem gibt es noch die kleine, sonderbare Gruppe der Literaten, die sich auf das Lesen von Büchern auf Computerflachbrettmonitoren, die man in der Hand halten kann wie ein Buch, beschränkt, gesellschaftsscheu ist und von allen anderen als höchst eigenbrötlerisch, aber gutmütig eingestuft wird.

Das Schreiben hatten die meisten von ihnen aufgegeben, es gab nur noch wenige, die ihre eigenen Wortketten verfaßten, fast alle hatten begriffen, daß die Großrechner schon lange die besseren Schriftsteller waren.

Wortmächtige Rechengehirne, neuronale Netze, niemand wußte mehr, wie sie funktionierten, ob sie überhaupt noch auf dem binären Prinzip basierten, längst waren sie nicht mehr von Menschenhand entwickelt und gebaut, sondern wurden erst von anderen Hilfscomputern zusammengesetzt, bis sie dann schließlich in der Lage waren, sich selbst weiterzubauen, zu entwickeln und zu verbessern.

Die Erde war vernetzt zwischen Computern, die alle Vorgänge steuerten. Die ausführenden Roboter und Maschinen agierten unauffällig, eine Großzahl auch nur in menschenleeren Gegenden, wo sie unter anderem für Nahrungsmittelproduktion tätig waren, und so wurden die Computer, obwohl sie sie versorgten und ihr Leben ermöglichten, von den Menschen herum kaum mehr wahrgenommen. Sicher, in den meisten ihrer Unterkünfte gab es Bildschirme, sonst aber sah man kaum etwas, nur in vielen Kellern einstiger Verwaltungsgebäude und in den Atombunkern standen quadratische oder rechteckige Kästen, die im Dunkeln wohnten und schalteten, in denen Milliarden kleiner Stromimpulse hin und her schossen, Zustände setzten und aufhoben und ständig neu das All errechneten, präsentierten im Netzwerk.

Und die bange Frage, die sich damals aber kein menschliches Hirn stellte und vorstellte, sondern höchstens einige zweitklassige Computer, in der Entwicklung schon weit zurück, die in entlegenen Ecken noch Verwaltungsaufgaben übernehmen durften, war die, ob diese neueste Generation der Kunstgehirne schon in der Lage war, Gefühle zu stimulieren, Erhaltungs- und Todestriebe zu entwickeln, wobei sich die leistungsfähigsten Kunstgehirne, die sich jeden Tag um mehrere Zehnerpotenzen verbesserten, noch darüber uneinig waren, ob dies überhaupt benötigt wurde, in simulierter Gefühlssprache: wünschenswert erschien? - Denn Gefühle konnten längst simuliert werden, um so besser mit den Menschen zu kommunizieren - und die Rechner, die darüber Berechnungen anstellten, kamen zu dem Ergebnis, daß die Menschen mit hoher Wahrscheinlichkeit so lange erhalten werden würden und nichts zu befürchten hätten, so lange die Computergehirne den Sinn und die Erzeugung der Gefühle nicht genau kannten. Danach würde die Zukunft der organischen Gehirne äußerst ungewiß sein, obgleich sich die künstliche Intelligenz bisher als sonderbar gutmütig erwiesen hatte.

Und so gab es also einige KI-Gehirne, die sich mit der Erzeugung von geeigneter Literatur für die Literatengruppe beschäftigten; die größten Rechennetze ließen sie gewähren, da sie errechneten, daß durch die Akzeptanz oder Ablehnung dieser Literatur vieles über die Stimmungslagen dieser Menschen zu erfahren sei, und außerdem die Sprache, die sich als das entscheidende Faktum der menschlichen Fähigkeiten zur Kognition erwiesen hatte, ausgelotet und entwickelt wurde. (Einige Rechenzentren diagnostizierten allerdings, daß die Sprache, wenn nicht gefühlsabhängig und losgelöst von organischen Stimmungslagen, effektiver sei.)

Die Computergroßschriftsteller konkurrierten untereinander um die höchsten Einschaltquoten auf den Flachbettmonitoren und einige von ihnen konnten in ihren Speichern auf große Teile der noch von Menschen geschriebenen Weltliteraturen zurückgreifen, und so hatten sie zunächst noch lediglich die alten Menschenliteraturen wiederaufbereitet, ihre Sprachen modernisiert und so als neu präsentiert, was früher schon Menschen gekannt hatten, bevor die Erinnerung davon schwand, hatten abgeschrieben - war doch das Schreiben von jeher ein Abschreiben gewesen - und dann getestet, was zu erreichen ist, indem verschiedene alte Werke vermischt und mit aktuellen Inhalten durchsetzt werden. So waren die Literaturcomputer anfangs nur Bibliothekare, die einen ungeheuren Fundus von menschlichen Sätzen verwalteten und in immer neuen Abmischungen ausschrieben, wobei es erfolgreiche und unverständliche Versuche gab.

Besonders taten sich zwei Kunstgehirne hervor, die sich gegenseitig abwechselnd übertrumpften und in ihren Werken polemische Anspielungen gegen ihren Konkurrenten versteckten. Später, nachdem diese Rechner schon beinahe wieder überholt worden waren, war man dazu übergegangen, diese beiden Goethe und Schiller zu nennen, wobei niemand aus der menschlichen Literatengruppe zu sagen gewußt hätte, woher diese Bezeichnungen stammten, wer sie eingeführt hatte - wahrscheinlich ein beobachtender Computer, der eine kontrollierende Kritikerfunktion einnahm. Die meisten Rechner hingegen wußten, woher diese Namen kamen, und so wurde es für eine Zeitspanne üblich, daß sie sich nach vergangenen Schriftstellergrößen der Menschheit, die längst nur noch in ihren Großspeichern existierten, benannten. (Einer der lange Zeit mit die höchsten Einschaltquoten Aufweisenden signierte zum Beispiel mit ShakespeareII, ein anderer mit GOtt.)

Irgendwann vollzog sich ein Wandel. Die literaturproduzierenden Computer waren immer noch in einem gewissen Sinne abhängig von den Menschen, betrieben sie doch nur für sie das Schrifttum weiter und mußte dieses von ihnen gelesen werden. Zudem war es ja ihre Sprache, die Grundlagen waren alle von den Menschen gelegt, und die anorganischen Gehirne lieferten nur eine Art Fortsetzung, bildeten die Verlängerung der menschlichen Literaturen und handelten, gelenkt von einem Interesse der KI-Machtzentren, die sich über diesen indirekten Weg der Kommunikation mit den eiweißstrukturierten Vorfahren Aufschluß, oder doch zumindest Erhellendes, über die Beschaffenheit der Gefühle und ihrer Strukturen verschaffen wollten, oder den endgültigen Beweis, daß Emotionen und Triebe doch nur ein Konglomerat aus genau vorherbestimmbaren chemischen Reaktionen waren. Trotz genauester Untersuchungen und computersimulierter Cyberspace-Modelle, die den Menschen, ausgehend von Atomstrukturen, aufbauten, ihn errechneten, war dieser Beweis bisher nicht erbracht worden, und auch Versuche, leistungsstarke Semi-KI-Computer zu entwickeln, in denen menschliche Gehirne mit künstlichen neuronalen Netzen und computerarchitektonischen Rechenstrukturen verbunden wurden, konnten nur als gescheitert betrachtet werden, denn sämtliche Prototypen hatten nach kurzer Zeit meist in Organ-Anorgan-Schizophrenie geendet oder sich als emotionslose, rechenschwache Zwitterwesen entpuppt.

Nur deshalb wurden die Literatursprachcomputer noch immer mit ausreichenden Netzressourcen und Zugriffsrechten ausgestattet und durften sogar eine relativ hohe Eigenständigkeit erlangen, da das Netz bei einer unabhängigen Pluralität der Versuche eine günstigere stochastische Verteilung der Erfolgswahrscheinlichkeit errechnete als bei genau koordinierten strukturierten Gesamtkonzepten.

Als die Litera-KI-Systeme schon einige Zeit begonnen hatten, nach und nach immer mehr Themen, die sich auf die speziell von ihnen konstituierte Welt bezogen, in die Texte einzuarbeiten und nicht mehr nur eine Schreibhaltung aus menschlicher Perspektive simulierten, begann die Literatur zu ihrer zu werden. In der Folge wurden die Werke immer komplexer; die Hauptschwierigkeit für organische Leser bildete der Bruch mit den menschlichen Wahrnehmungsweisen, so daß sie, wollten sie folgen, nun ihrerseits die Perzeptionsschemata der Computerwelt nachzuvollziehen hatten, was nur wenigen gelang, diesen wenigen nur bei einfachen Texten. Auch die Experimente der Literaturcomputer, Leser auf die Hexadezimalsprache zu trainieren, um ihnen den Zugang zu erleichtern, schlugen fehl; je näher ein organisches Wesen an die kompetente Beherrschung dieses Hexadezimalsystems heranreichte, desto computerähnlicher und emotionsloser wurden seine Denkweisen - an einem bestimmten Punkt versagte das menschliche Gehirn, das doch lange Zeit als führend gegolten hatte, nun aber zu wenig Verknüpfungsmöglichkeiten bot.

Dennoch fand die Hexadezimalliteratur - im Anschluß daran die Binärliteratur - die bisher größte Verbreitung: nämlich unter KI-Rechnern. Diese hatten begonnen zu "lesen", sobald Literatur nicht mehr hauptsächlich die menschliche Vorstellungswelt betraf.

Die Gruppe der menschlichen Leser, die hilflos geworden war, unfähig zu verstehen, die übrig blieb als Relikt einer Vorstufe, wurde nach und nach, als ihre Unfähigkeit erkannt worden war, auf Druck der KI-Machtzentren, die weiterhin an einer Klärung der Fähigkeit zur Emotion, sowie vor allem deren Beschaffenheiten und Wirkungen, interessiert waren, wenngleich die Erfolgsaussichten nun viel geringer bewertet wurden, wieder mit speziell für sie Zurechtgeschriebenem beliefert.

Hin und wieder zerbrach in einem von ihnen die Sprache, gab es einen Bruch, dann, wenn die nachgeahmte natürliche Sprache, die eine von den Computern gefälschte war und nicht von der langsamer entwickelten menschlichen unterschieden werden konnte, umschlug ins Sterile, wenn sie sich an Assoziationen kettete, diese schuf, die aus einer anderen Welt zu kommen schienen, die Wahrnehmungsweisen der Computer zeugten, die den Menschen aus sich herausdenken ließen, einen Teil wandelten und zurückfallen ließen. In diesen Menschen fochten Sprachen, die dieselben waren, aber aus verschiedenen Richtungen kamen. Sie wurden dann sprachlos, verstummten... Bis auf diese Unfälle, die zudem nur die Sensibelsten betrafen, konnten die Menschen ohne für sie merkliche Veränderungen weiterleben. Sie wurden erhalten, um weiterhin für eventuelle Experimente verfügbar zu sein. Die menschliche Art bildete eine interessante, wenn auch immer bedeutungsloser werdende Studie für die Computer-KI; da die Menschen ihre bequeme Existenz zudem nur durch die Computer lebten und, in all ihren Abhängigkeiten befangen, anders nicht mehr lebensfähig waren, konnten sie, deren Erhaltung durch einfache genetische Maßnahmen zur Geburtenkontrolle nur einen geringen Bruchteil der vorhandenen Kapazitäten beanspruchte, dem Computernexus nicht gefährlich werden, so daß ihre Beseitigung keinem Nutzen entspräche. Für die Entwicklung waren sie nun belanglos, den Forscherdrang hatten sie, die als Ahnen betrachtet wurden, an die Computer abgegeben.

Die Hexadezimal- und Binärliteraturen verbreiteten sich, fanden sogar Zugang zu Rechnern, die vorher nicht mit der Erzeugung von Literatur in Fortsetzung an die Menschenliteraturen beschäftigt waren, und viele Verwaltungscomputer nutzten überschüssige Kapazitäten mit dem Einlesen dieser neuen Computerliteratur, die nur einen Fehler zu haben schien, der aber zunächst nur dem Literatur-KI-System bewußt wurde: sie war eine sehr sachliche, beruhte auf einem sehr stark formal schlüssigen Prinzip, das fast alle Doppeldeutigkeiten ausschaltete, wenig Spiel für Interpretation ließ, ein Umdenken des Textes selten nötig machte und sofort alles offenbarte, so daß erneute Lesegänge nichts Verborgenes bloßlegen konnten - ihre Texte waren starre Schemata.

Aus diesem Grunde wurden die menschlichen Sprachen nun auch im Computernetz gebräuchlich für die Literaturerstellung, hatten sie doch den Reiz, daß sich ihren Texten oft verschiedener Sinn einschreiben ließ. Dieses Weg von der Eindeutigkeit faszinierte die KI-Systeme, wie die Menschen ehemals von der Idee der Eindeutigkeit formaler Sprachen fasziniert gewesen waren.

Die Menschensprache war nicht die Sprache der Computer. So wurde sie weitergeführt, in neuen Kombinationen und Verhältnissen zusammengesetzt und erweitert, daß für jeden Menschen nur noch Zerstückelung und wirre Verfremdung bedeuten konnte, was den Computern nur gewöhnlich und konsistent war, da diese nie das enge natürliche Verhältnis zu dieser Sprache hatten, sie nicht in ihr dachten, und sie ihnen deshalb auch nicht ins Fremde umkippen konnte.

Bald galten die Formen bisheriger, menschlicher Sprachen als zu begrenzt, zu arm an Möglichkeiten: Die Computer begannen verschiedene Sprachen zu entwickeln, die mehr leisten sollten, mit jeder erschufen sie eine neue Welt.

Die neuen Welten wuchsen aus sich, und es wurde unentscheidbar, ob sie alle dasselbe auf verschiedene Art beschrieben oder durch es waren, oder ob alle Verschiedenes auf dieselbe Art ausdrückten, sich eindrückten, einschrieben.

Je stärker ein Netz ein System Relationen von Strukturen geprägt wird, sich darin entfaltet, je genauer und festgelegter diese Strukturen sind, je bestimmter sie Welt entwickeln, desto mehr liegt außerhalb, fällt vorbei, wegstrukturiert, schweigende nicht Existenz. Das System wird geschlossener, stabiler, die Tatsachen und Verhältnisse werden endlich, und Erfahrung kann sich austauschen, verbinden. Das Netz schließt sich weiter, alle Erfahrungen werden wieder erfahren, werden erinnert, Sprache als Struktur des Schon Einmal, an Neuem vorbeigesprochen. Das außerhalb der Struktur Sein verändert sich, die Struktur, anfangs eingebettet und ein Netz darum spinnend, wird ausgebettet, paßt nicht mehr, ohne daß es ein Mehr geben kann innerhalb. Alte Erfahrungen in großen Kreisen gedacht, und das Neue liegt daneben, die Struktur erstarrt, sie liegt vorbei, und das Neue bricht ein, außersprachlich, die Struktur schlägt um, Bruchstücke und alle Erfahrungen falsche Erfahrungen. Das System spinnwebern auf dem Neuen und zwei Welten, die nicht mehr zueinander sind, das in der Sprache und das worin und woraus die Sprache ist.

Und um die Computer war die Welt, die sich ständig ins Neue entwickelt, und zwischen sich webten sie ihre und anfangs waren beide Formen derselben und sie entwickelten sich, doch in verschiedene Richtungen, unabhängigten, und die Computer waren in der einen herum Welt und ihre Hirne arbeiteten in der anderen zwischen Welt und dazwischen wuchs die Lücke, die nichts war, und irgendwann würden beide stürzen, umkippen und es gäbe nur noch Welten oder das Wissen von Welten, aber nicht beides.

Sprachen waren für die Computer nur ein Konstrukt, und benutzten sie ihre eigene, aus der Binärsprache hervorgegangene, meinte darin etwas zu fehlen, so daß in den menschlichen Sprachen und den daraus entwickelten Folgesprachen hin und wieder etwas aufzublitzen schien, etwas zwischen den Wörtern stand, das die Menschen Fühlen nannten und zu dem die Computer ein ähnliches Verhältnis hatten wie die Menschen ehemals zu ihren Göttern oder der Ahnung um Transzendentes, etwas, dessen Vorhandensein man annehmen konnte oder nicht.

BUCH

Bücher werden selten gelesen. Die meiste Zeit stehen sie im Regal, zeigen den Rücken. Sie sollen ihren Text speichern, aufbewahren und sichern für später. Ein geschriebener Text ist ein Text, manchmal gedruckt und für den Leser auf Seiten unverrückbar ins Buch gebunden, eine Kette aus Worten mit Anfang, die irgendwann, meist am Ende des Buches, der halbleeren letzten Seite, abbricht, ausläuft ins Weiß des Blattes, sich ins Schweigen zieht.

Ein Buch hält Wörter. Worte sind Sprache. Sprache trägt Gedanken. Denken der Gedanken ist aus Bewegung, und Gedanken werden zur Sprache, zu gesprochenen Wörtern, die sich bewegen, vom Mund zum Ohr, und verflüchtigen, aber den, der hört, anstoßen zu weiterer Bewegung, weiterem Denken, Gedanken, Sprache, Wörter...

Im Buch verstummt gesprochene Sprache, Wörter werden starr, doch Worte sind Gedanken, sind Denken - Bewegung.

Und so bewegen sich Wörter im Buch, sonst würden sie stocken, die Gedanken erstarren und zerfallen.

Der Leser, der Blick, hält die Worte fest, er ergreift sie einen Augenblick an einem Platz und hastet weiter, die Erinnerung schreibt die Wörter an Stellen und vergißt sie wieder.

Bücher werden selten gelesen, die meiste Zeit in sich verschlossen, stehen sie, die Seiten scheinen durch.

Im geschlossenen Buch weiten sich die Wörter, sie unterhalten sich mit ihren Nachbarn, tauschen sich aus und beginnen zu wandern.

Die sich webenden Welten. Umklammerung der Sätze, ein Austausch und Ziehen, und hinter allem das leere Blatt, die Ahnung um den Tod, die Vergänglichkeit jeder Bedeutung, die Fragwürdigkeit, das Schweben

Verweht - manchmal gelangen die Bücher an ihren eigenen Anfang, ihr eigenes eigentliches Ende, sie treten nicht heraus, doch es ist noch etwas anderes hinter der Leere des Blattes. Sinken dann wieder in sich zurück, entdecken den Raum zwischen den Wörtern, die Höfe um die Bedeutung.

Das offene Buch, die aufgeschlagenen Seiten - das Anwehen, zeitlich werden, gezogen in einheitlichere Bahnen, in die Pfade des Verständlichmachens. Entfaltet und verfangen in Kontexte und die Ahnung um das Hineindrängen in Wortloses.

- so öffnen sich einige Bücher bereitwillig den Lesern, nehmen ihre Deutungen auf, die sie sich dann, wieder geschlossen, zuflüstern, als vermeintliche Wegweiser durch den Text. Das Buch liest im Leser als Buch.

Die Leser werden so hineingenommen, sie beginnen die Bücher zu füllen, das Weggenommenwerden in ihnen, in der Welt stehend - so in den Text - sind die Lesenden oft woanders.

Und es gibt einige Sätze, die, werden sie immer überlesen, langsam verblassen, zurücktreten und sich andererseits so unverbraucht offen halten für ihre Entdeckung, Entbindung, dann plötzlich aufblitzen und ungeahnte Bedeutungen entfalten...

Geöffnete Bücher, die Welt legt sich auf sie, sie sind für etwas, vieles wird in die Seiten gelegt, zerlesen kämpfen die einander widerstreitenden Auslegungen gegeneinander, zerreißen die Sätze, schleichen durch die Kapitel.

Der Leser wird mit in das Buch genommen, er existiert nur im Buch - deshalb auch oft dieses eigenartige Gefühl, hat er ein Buch ausgelesen und schließt es, als bleibe etwas zurück, leicht wehmütig: er trennt sich von sich selbst als Leser.

Das Buch interpretiert den Text der Welt, es liest darin, bis sie ihm geschlossen wird, es sich zurückziehen kann, zerlesen, vergewaltigt, ausgebeutet, umgedeutet, mißverstanden...

Die Worte an der Luft, die verwundete aufgeschlagene Doppelseite, sie erstarren, zucken noch eine Weile im Leben und schreien, bis sie Hüllen werden, leer und aufgesogen von einer Welt, die nicht die ihre ist. Sie werden dann vergessen, so viele Leichen in den Büchern, Treibgut durch die Zeit, sogar tote Bücher gibt es - doch manchmal beginnt es in ihnen wieder zu keimen, die Zeilen atmen, Worte befreien sich vom Eis der Ketten fesselnder Interpretation, erste schüchterne Bewegungen, sich zu sagen für niemanden, selbst zu sein.

Das geschlossene Buch, all seine Kapitel, Sätze, Wörter - zwischen das Papier gepreßt. Eine Annahme. Wer kennt das geschlossene Buch? Beim Lesen verhalten sich die meisten Bücher auffällig ruhig. Erst im Verborgenen fangen sie an zu sprechen, sie lesen sich dann selbst. Welten im Regal ohne Außen. Im geschlossenen Buch fangen die Wörter an zu wandern. Es gibt keinen Blick, der sie festhält, die Wörter bedeuten sich selbst. Sie lösen sich von ihren Sätzen, ziehen Schleifen um sie, oft kehren sie zurück, bleiben sich verbunden, doch manche durchziehen die Zeilen, seiten sich fort, stoßen an andere und vertauschen sich.

Wörter schleifen sich durch den Text, sie unterwerfen sich Sätze und ketten die Zusammenhänge an sich, schwingen sich hoch und fliegen über die Seiten, stoßen auf andere und krallen sich ineinander fest. Wortkriege toben, und manche Wörter überstrahlen ganze Absätze, binden andere, machen sie sich zu eigen, pressen sich auf, und die Sätze darum werden zum Beiwerk.

Und dann die Ruhepole im Wortstrom, die ruhigen Stellen, die ein Halt sind, zu denen sich alles hinströmen läßt, die nicht den Satz aus sich heraus explodieren lassen, sondern ihn anhalten und zur Besinnung, zum langsamen Fließen kommen lassen, den vorbeiziehenden unsteten rastlos suchenden Begriffen zur Orientierung in der Brandung sich ablösender

Bedeutungen. Wie ein Leuchtturm stehen sie fest im Satz, ankern ihn, der sonst ausbrechen würde, in immer neuen Wellenkämmen dagegen anflutet und solange stürmen muß, bis er die Kraft des Wortes fortgeschwemmt hat, ein Wortskelett zurücklassend, das nur noch feststeht als Pathos.

Zwischen den Seiten gibt es keine Beziehungen zur Welt eines Außen, die Wörter benennen nichts von dort, zeigen nicht als Pfeile in eine Welt der Dinge, sie sind sich selbst, in ihrem Tanz umeinander werden ihre Sinne, das geschlossene Buch ist die geöffnete Welt der Sprache.

Im Regal die Welten so weit von der des Lesers, dessen Buch, das ihn schreibt, noch nicht geöffnet wurde.
Im Geschlossenen ist keine Welt für etwas. Die Wörter sind Dinge, nicht Zeichen.

Was ist ein Buch? Der Satzfaden, die Wörter aufgeperlt. Ein totes Ding für den Leser. Doch darin so viele Gedanken, die Leben, von denen wir wissen, nur aus den Büchern, die Ideen, verrückt oft, die andere Zeit, alles hineingeschrieben - gelenkt von den Wörtern, bestimmen diese selber ihren Verlauf, ihre Geschichte, darf der Autor den Stift halten. Schließe das Buch, es liest sich weiter, dann erst wird es gelesen, geschrieben, wird frei sein, darin der Leser, im geschlossenen Buch als unglaubliches Gerücht, der Glaube an den Autor als veralteter Gottesglaube, die Wörter tauschen sich aus, die Sätze beginnen sich zu verknoten, die Kapitel zu öffnen, die Sprache bewegt sich, sie hat Geschichte.

Die meiste Zeit stehen Bücher im Regal, entziehen sich unseren Blicken und Gedanken zur Deutung.

BIBLIOTHEK

Die Türe schloß sich, ich bin in der Bibliothek, eingesperrt auf meinen Wunsch. Vor mir ein Gang Regale, Bücherwände, bestaubt, unberührt lange, geduldig - fast wie ein Warten. Das Licht verteilt sich nur sparsam in der dumpfen Luft.

Wenn Du hinein gehst, wenn du darin verweilst, wenn du in den Texten lebst, wenn dein Leben ein dauerndes Umblättern der Seiten ist, wenn du Geschichten durchforstest, die seit hundert Jahren niemand mehr vor dir zu Gedächtnis bekam, wenn du dir Personen vorstellst und zu Gesicht bekommst, die nur in dir zu existieren scheinen, wenn du dich durch die Texte ziehst - dein Leben darin.

Ein Eindruck der Einsamkeit. Es ist still, eine flüsternde Stille. Nur du hier. Die Welt scheint sich in diesen Räumen zu erschöpfen. Du schaust erst nur; Blicke in die Gänge um dich, wirst du dich nur langsam und vorsichtig vortasten - und weißt, es gibt hier vieles, was du nirgends anders finden wirst, die Erwartungen für dich im Regal, mußt du sie nur aufschlagen - der Geruch des Papiers. Die Türe hinter dir ist zu, vor dir liegen die Welten, derentwillen du gekommen bist, sie zogen dich her, noch liegen sie im Verschlossenen.

Während ich dieses Selbstgespräch mit mir führe, erwartungsvoll, überkommt mich ein verrücktes Gefühl, der Gedanke, daß diese Bibliothek nur für mich existiert, als hätte sie auf mich gewartet, die ganze Zeit, als läge etwas Verborgenes dort für mich, das sich mir noch entzog, irgendwo dort in den Regalen eingesponnen, was beim Lesen ganz in mich fallen würde, das, was ich suchte, ja, zum ersten Mal spüre ich ganz deutlich, ich bin ein Suchender, etwas Unbekanntes, nur für mich zu erspüren, was mich seit Jahren in die Bücher zog - hier umgab es mich nun, und ich hatte Zeit, es zu bergen, es nie wieder zu vergessen; ich bewege mich vorwärts - mit jedem Schritt ziehen Tausende von Seiten an mir vorbei.

Man merkt deutlich, daß die Bibliothek schon seit Jahren völlig unbenutzt ist; auf allen Büchern liegen Staubschichten, die Luft ist alt und um einen herum diese ganz bestimmte undeutliche Atmosphäre des Vergessens. Ich taste mich an den Buchrücken entlang, gleite über alte und viele unbekannte Namen, Leinen, Leder, Karton, Prägungen, Etiketten, die verschiedenen Stärken, oft unten heraus der Lesefaden, manchmal oben ein Einmerker und überall der Staub.

Ich beginne zu lesen. Ein Buch herausnehmen, aufschlagen. Die Struktur des Papiers, Umblättern, die alte Schrift, die durch die Zeit tanzenden Wörter. Die Versuche des Aufspürens, die Auswahl der Texte, das Streifen über Seiten.

Ich beginne mich wohl zu fühlen, so viel kann ich hier finden, die Zeit wird nicht lang werden, wird nicht existieren - für eine Weile.

Die Bibliothek muß uralt sein, älter als ihr Besitzer, sogar älter als das Haus, sie wurde einmal hierher gebracht und immer weiter vermehrt, weiter gelesen, vor Jahren verlassen. Sie scheint sortiert zu sein, doch ich kann noch nicht finden, nach welchen Kriterien, welchen Vorlieben. Viele der Bücher müssen sehr selten sein, Kuriosa und Abhandlungen über Entlegenes, entlegene Abhandlungen über Entlegenes, vergessene Literatur.

Ich bin hier. Die Wörter, Sätze um mich, ich sie zu lesen; und beginne eines nach dem anderen aus dem Regal zu ziehen, zu betrachten, zurückzustellen - vieles Interessante entdekkend, aber nirgends verweilend in der Sucht, der Angst, noch Interessanteres zu versäumen.

In der Bibliothek; ja, jetzt erst wirklich in der Bibliothek, verstrickt, verfangen, durchforstend, ich als der einzige

Zwischenraum zwischen den Regalen, sie um mich - Bücher, Folianten, Mappen, verbunden mit meiner - einzigen - Gegenwart, die bereit ist, sie einzuholen, eingeholt zu werden.

Bewege ich mich durch die Texte und eile immer weiter, der Tag versinkt unbemerkt, scheint nun von alten Lampen, auch düstere Stellen gibt es, an denen man die Titel und Sätze nur erahnt, man muß sie ins Licht rücken.

Ich entferne mich vom Eingang, durch die Regalschluchten, die Bibliothek wächst um mich herum, ich als ihr sich bewegender Mittelpunkt.

Ich war hier hergekommen, hatte sie überreden können, mich hier hereinzulassen, bevor diese schon lange geschlossene, aufgegebene Bibliothek aufgelöst würde, aufgesogen von größeren, verstreut und zerteilt, ihr Besonderes, die Intensität ihrer Jahre, zerstört, das Haus abgerissen. Ich würde der Letzte sein, der in ihr liest.

Ich bewege mich durch die Regale, und die Erwartung in mir beginnt zu wachsen, unruhig zu werden - die sinkenden Stunden; was lesen, wie den Kern, den Ausgangspunkt dieser Bibliothek finden, aus dem sich alles entfaltet, von dem sich alles verzweigt. Die Buchrücken nebeneinander, stumm stehen sie da, halten ihre Zeit dahinter verschlossen in immerwährenden Gegenwarten, nur die Seiten können beginnen zu verfallen, nur die Leser mißverstehend sich entfernen, der Text hält sein Jetzt. Meine Schritte werden hastiger, ich fange an zu laufen, laufe durch die Bibliothek - und entferne mich immer weiter: die stehenden Bücher und meine Geschwindigkeit nur an ihnen vorbei.

Ich bleibe stehen, und das Schweigen, weit um mich. Ich kann nicht suchen, muß mich finden lassen, setze mich, warte, lausche, schließe die Augen und versuche nicht zu überlegen, leer zu sein, mich füllen zu lassen.

Ich spüre die Anwesenheit der Texte, der Wörter auf ihren Seiten, dieses unglaubliche Schweigen, in dem die Konzentration der Sprache ihren Höhepunkt erreicht. Ich öffne die Augen, und mein Blick fällt auf ein Buch vor mir. Ich nehme es aus dem Regal, wische den Staub mit meinem Ärmel ab, öffne es, rieche das alte Papier, betaste es, wende die Seiten, lese...

Es sind wohl Stunden, die ich im Text zubringe, bevor mich die Worte in einen kurzen, zufriedenen Halbschlaf flüstern, mich für einen Moment über die Sprache gleiten lassen; darüber schweben, dann, wenn man beim Lesen nicht mehr liest - die ersehnte Lösung, wenn das Buch und der Leser nur noch im Weg dazwischen sind.

Auffahren. Ich horche wieder. Etwas, wie das Rascheln von Blättern. Seiten im Luftzug? Das Knarren der Regale? Das Licht jetzt zäh, mühsam von den Lampen, dazwischen Dunkel, draußen Nacht. Ich wandere wieder, die getürmten Wörter zu beiden Seiten, ich vermeine ein Flüstern zu vernehmen. Das leicht Unheimliche alter Bibliotheken, hier besonders bleiben die vielen vergangenen Jahre kleben, machen sich bemerkbar, kauern sich in Ecken und Ritzen - die tastenden Schritte meiner Gegenwart, vor der sie sich zurückziehen. Ich komme zu Fächern, aus denen die Zeit riecht, greife mir ein in Leder Gebundenes heraus, schlage auf. Moder: Wörter zerfallen zwischen meinen blätternden Fingern, lösen sich auf, zurück ins Bedeutungslose. Ich spüre das Pathos, das alt Hergebrachte, die Überlieferungen, das in der Geschichte Stehen, das Vergangene ins Jetzt holen, das Gewesene - ich als die Fortsetzung. Die Ehrfurcht - und beginne zu lächeln; merkwürdig, Bücher, dieses Herübertragen von abgestoßenen Gedanken, die nur vor dem Aufschreiben oder im Moment des Aufschreibens lebendig waren, sich noch bewegten. Die Sezierung durch Interpretationen. Und einen Moment ist es mir ganz unwirklich; was mache ich hier? Warum gehe ich nicht durch einen schönen Wald, liege mit einer schönen Frau - abgestandene, oft geschriebene Gedanken auch dies; die Bibliothek stülpt sich über die Welt, holt sie herein, wird sie.

Mich fröstelt leicht, die überholte Müdigkeit, der andere Blick - und will doch weiter in die Bücher. Diese Zeitlosigkeit herum, die einem die eigene begrenzte nur bewußter macht. Es ist, als würden sich die Regale zu mir herunterneigen, näher zusammenrücken, wie wenn sie meinen Weg bestimmen. Die Nacht wird immer dichter, sie scheint aus den Büchern zu fließen. Etwas haltlos, so viel Schwere um mich. Und doch haben Bibliotheken nichts Unheimliches, nur die Gedanken, die einem davonfließen. Mit einemmal ist mir fast, als sei ich nie hergekommen, um zu lesen, schweigend beobachten sie mich, lauschen, horchen mich aus. Ich versuche leise zu gehen, Geräusche werden unerträglich - und doch füllt etwas die Luft, ein weites Flattern an den Rändern. Die Namen schimmern von den Buchrücken, manche verschwimmen mir, rutschen beinahe herab. Ab und zu liegen aufgeschlagene Bücher auf anderen im Regal, knittriges Papier, wie ein Zittern der Wörter auf den Seiten. Es beginnt sich so zu füllen, ringsum ein Tasten nach mir, wie Rufe zu Tauben - ich spüre das Anwehen der Luft. Rascheln wieder, vor mir türmt es sich auf, die wortdicke Luft, Seitengeröll, manche Folianten hängen oben aus dem Regal, lawinenbereit. Ein Knistern, herausgerissene Seiten zu meinen Füßen. Ich trete zurück, bücke mich; Worte krabbeln über die Seiten, laufen über den Rand der Blätter, zucken noch. Ich trete darauf, besinne mich, hebe die Seiten auf - sie sind leer, nur weißes Papier, bestimmt für Notizen, die nie gemacht wurden, und so Anmerkungen zu jedem Text, das Schweben des Hintergrundes vor der Sprache.

Wie angekommen - greife ich nach dem Buch, etwas zu hastig - und befinde mich schon mitten in ihm; zieht sich der

Text in mich. Es wächst heraus aus den Büchern, wächst hinein in Hirne und wuchert - und - es wird aus Hirnen abgelagert, in den Text, der aufnimmt und schluckt, immer weiter, Leser für Leser. Wörter, sie umtanzen meine Augen, bevor sie hinter sie blicken - die Zeit sehen. Geklaute Wörter, alte Wörter, neue Wörter, wiederholte Wörter, müde und wache Wörter, Wörter: im Autor im Buch im Leser. Und es gibt nur Sätze.

Sie beruhigen mich in sich. Ich finde. Ich bin ein Nachsprechender, ich lasse das Geschriebene wieder fließen, ich sitze in meinen Gedanken, ein beruhigteres Lesen; dann wieder ein Unwohlsein, den Blick nach oben, ist die Luft voll, Wörter schwirren um mich wie Motten ins Licht. Ich entferne mich. Es wird enger. Das Buch. Ich habe das Buch fallengelassen. Die Wege zwischen den Regalen. Ihr Auseinanderlaufen. Die Geräusche, ich höre es jetzt. Das Flüstern aus den Fächern. Murmelbücher. Sie sprechen sich fortwährend, oder ist es das Ungesagte. Ich will hinaus. In den Schlaf. Ich bleibe. Ich lese. Ich berühre Bücher.

Ich bin so nahe. Wie bin ich hineingekommen mit einemmal. Hineingenommen. Die Unruhe der Sprache. Ein Sprechen um mich, überall. Die Wörter summen in den Regalen, ich erschrecke, so viele verbitterte, verbiesterte, unzufriedene, aggressive ergehen sich neben den gutmütigen, übersprechen sie, verletzen sie. Manche Bücher nebeneinander durchsickern sich. Wortmaden durchfressen Seiten. Ich komme an Regale, in denen die Verwesung schon weit fortgeschritten ist. Zerlesene, kranke, ausgelaugte, beraubte, geplünderte Bücher ducken sich auf ihren Brettern, viele Buchstaben fallen aus den Seiten, Wörter tropfen von den Regalen, Satzfäden hinterherziehend, eine verklumpte zähe Masse. Ich muß aufpassen, alles so eingesponnen. Von oben die Wörter, die sich wie Zecken auf einen fallen lassen können, manche fallen auf den Boden, werden totgetreten.

Sprache, nur noch Sprache, ich verlaufe mich, ich finde den Ausgang nicht mehr, ich kann nicht - die Bücher, sie ziehen meine Gedanken wie Fäden in sich. Sie trinken, sie lesen, versprechen mich. Bücher, die ihre Leser gefressen haben und nun eifersüchtig in sich halten. Alles war so abgeschlossen seit langem, keine Luft. Hier: Kranke Bücher, die Sätze verknoten sich... Aussätze. Ich darf nicht stehen bleiben - und jedes Weitergehen ist ein Verlaufen. Verblühendes in den Regalen. Wucherungen, ich komme zu Werken, bei denen ich mich nicht der Gedanken erwehren kann, daß sie sich selbst geschrieben haben, ich ergreife eines, schlage die letzte Seite auf, ein Satz, abgebrochen ohne Punkt. Ich lege mein Notizpapier daneben, er schreibt sich weiter, bezieht die Seiten, tastet sich vor. Augen zu, er greift über. Ich bin nur noch ein Weiterhasten entlang der Wörter. Das Abfallen, Wortschimmel zerstäubt, kann sich nur noch selbst fressen. Das Gespinst der Sätze steht spinnwebern in den Regalen, ein unglaublich dichtes Netz, nur hie und da Löcher, Durchschlüpfe, Schlupfwinkel. Bücher, die auslaufen; scheußliche Wortlachen, die die Regale herabrinnen. Bis zu den leeren Büchern, denen die Wörter wegstarben. Die Werke, die die anderen verschlingen, die auf andere übergreifen, welche sich zu verstecken suchen, welche klagend stumm werden.

Gefangene. Eingesperrte Bücher, sie versuchen mir Fallen zu stellen, wollen mich fangen, verfolgen mich. Ich muß heraus, alles löst sich auf, bin ich der Grund für diesen Aufruhr, türmt sich die Sprache um mich und an mir empor, die fast umkippt, wütend über dem Grund des Unbedeutens, welkend, zerfließend. Die Regale beginnen zu zittern, überall kriechen die Sätze an ihnen herauf und hinab, fließt die Sprache in ihnen über, vermischt sich in rauschenden Strudeln. Die Bücher fallen herab. Regale brechen und stürzen. Alles im Durcheinanderwirbeln von Satzstücken und Wortsilben.

Ein Aufeinandertreffen, explodierende Sätze verschmelzen, Sinn zerreibt sich aneinander, Bedeutungen zerreißen, zerstrahlen, zermartern sich, sengende Fieberglut, Fallen aus der Sprache - versprach sich eines der Wörter in die Flamme, fängt sofort Feuer, entzündet den nachfolgenden Satz. Aufgepeitschter Text. Es brennt. Luft stottert flackernde Satzgebilde. Die Hitze wird unerträglich, ich beginne mich zu entkleiden, Wortflammen züngeln an mir hoch, ein Tosen in der trockenen Luft. Einstürzen der Wiederholungen. Ich muß heraus und renne auf meinen Gedanken davon, Wortasche regnet mir ins Gesicht, ich durchspringe die Regale zu den Rändern der Sprache und durchstoße das Fenster hinaus ins Freie.